KB197014

무명시인으로
사는 것도 괜찮아

무명시인으로
사는 것도 괜찮아

김난주 시집

이 시집을 들풀 인생을 살아온 들꽃 같은 그대에게 바칩니다.

자연으로 돌아간 시
거기, 오래 머물다 아예 자연이 되어버린 시

그런 시를 쓰고
그런 시의 집을 짓고 싶었습니다.

풀냄새 풀풀 나는 시집
흙냄새 흠씬 배어 있는 시집

하찮은 것들에 대한 연민이 모여
한 그릇의 따뜻한 밥이 된 시집

들풀 인생을 살아가는
들꽃 같은 당신에게 드리고 싶었습니다.

2024년 늦가을

차례

2부

3부

4부

1부

쉼표가 있는 의자

능수벗나무 아래 의자 하나 두었다
자목련나무 아랜 평상을 펴고
마늘밭 은행나무 아래엔 팔걸이의자를
느티나무 기둥에 기대어 회전의자도 두었다

쉬었다 가려고

땀 식히며 저수지도 바라보고
누렇게 익어가는 들이랑 마을 내려다보며
커피 한 잔에 피로를 녹여보려고

빈 의자 갖다 두었다

나는 농무원

낮 12시 8분
4농장에서 홍산마늘 단구 심던
아들이 집에 들어온다

밥 먹으러 오는 거?
ㅡ으응

난 공무원들이 딱 12시에
밥 먹는 게 참 부럽더라
공무원처럼 12시 돼서
집에 와 밥 먹을 생각하니 참 보기 좋네
ㅡ그려? 난 공무원은 아니고 농무원

출근은 언제여?
ㅡ해 뜰 때

퇴근은?
ㅡ해 질 때

하하호호 하하하 호호호
이렇게 또 한바탕 웃는다

너, 참 많이 아팠겠다

자갈 깔린 마당가에
ㅌ
ㅜ
ㄱ
떨어진 밤톨
주우며
밤나무 한참 올려다보고
막둥이 하는 말

너, 참 많이 아팠겠다

쉬기도 바빠

이른 아침부터
쪽파 종자 다듬고
풋콩 꼬투리 따고
마늘 쪼개고
떨어진 헛개 열매 줍고
열무 다듬어 절이고
은행나무 아래 달래 망 깔아주고
텃밭에 심은 고구마 캐고
말린 밤송이 태우고
다듬은 쪽파, 마늘
망에 담아 들이고
절인 열무 씻어 김치 담고
고단한 하루
오늘을 살아내느라
쉴 틈 없이 달려온 내게
큰애가 이런다

－엄마는 쉬기도 바빠

새가 방귀를 뀌다

참깨나 심어볼까 하고 텃밭 일구는데
고로쇠나무 위로 새 한 마리
피웅풍 피웅풍 방귀를 뀐다
저렇게 우는 새도 있나 하고
호미 내려놓고 올려다보니
저도 민망했는지 짐짓 아닌 척
푸르르 풀풀 날갯짓하며
능수벚나무 너머로 날아간다
신혼시절, 저도 모르게 나온 방귀로
낯붉히던 내 남자처럼

둘러보기

눈 뜨면 텃밭 둘러보기
강낭콩은 누렇게 익어가고
당근 뿌리는 굵어지고
피마자도 식구가 늘었다
옥수수는 겨드랑이에 어린 새낄 끼고
허허, 흠흠한 웃음 지어보이고
장마에 돌보지 못한 토마토는
사방팔방 웃자라 어지럽고
달린 열매는 터지고 물러
언제 떨어졌는지 모를 방울토마토는
달팽이 가족들의 아침밥상이 되었다
발목에 감기는 강아지풀
채 마르지 않은 이슬 발목을 적시고
안개 자욱한 걸 보니 오늘도 불볕더위라

텃밭 두루두루 둘러보듯
내 안과 밖도 둘러보기하며 살라고
옥수숫대 타고 오르는 나팔꽃 나팔 분다

다시 둘러보기

커피 한 잔 손에 들고 텃밭 산책을 한다
능수벚나무 버찌가 익어간다
높은 가지에 열린 버찌는 새가 먹고
늘어진 가지에 열린 버찌는 내가 먹는다
호박이 두어 개 더 달렸다
먼저 열린 호박 한 개가 시든 채 떨어졌다
갈 길 잃은 호박순 슬쩍 들어 올려준다
진딧물 끼던 고추는 방제 후 깨끗해졌다
당근 잎이 제법 무성해졌다
자주감자 흰 감자 꽃을 피우고
양대파 줄기 끝 만개한 양파꽃이 파아,
파.안.대.소.
둘러보기 참 좋다
다시 보아도 그지없이 좋다

닭들에게서 배운다

날 밝자마자 일어나
하루 종일 부지런히 일한다
해 저물면 집 들어가 나오지 않는다
2차, 3차도 없고 야식도 안 먹고
졸릴 때까지 영화, 텔레비전도 안 본다
주말이라고 PC방 가는 일도 없다
해 뜨면 일어나고 해 지면 쉰다
밤 깊도록 노트북 두드리지도 않는다

유월, 사는 게 뭔지

능수벚나무에 버찌가
앵두나무에 앵두가
블루베리나무에 블루베리가
자두나무에 자두가
뽕나무에 오디가
보리수나무에 보리수가
농익어 떨어져도
새들에게, 달팽이와 개미에게
양보하기로 한다
장마 오기 전 거둬들여야 하는
마늘 일 산더미라
사는 게 뭔지
살자고 하는 일인데
이렇게 더는 못 살겠다고
푹푹 찌는 더위에 한품만 푹푹

손바가지

그 흔한 바가지가 없다
늦가을 꺾어 널어둔 팥
도리깨질에 알맹이만 남은
팥알 자루에 담아야겠는데
없다, 그 흔한 바가지가

옳거니, 예 있었구나
손바닥 넓게 폈다 오므렸다
한 홉씩 담아 자루에 붓는다
갈퀴였다 집게였다 오늘은
바가지가 된 고마운 내 손바닥

갈퀴에도 손등이 있네

긁는 데만 쓰는 줄 알았더니
가만가만 쓰다듬는 데도 그만이다
쪽파 뽑아낸 자리에 생강을 심고
이랑과 고랑을 내고 괭이로 북 돋우니
두둑이 들쑥날쑥 울룩불룩
평평하게 두둑 살짝 쓸어주고 싶은데
괭이로 하자니 흙이 몰려다니고
갈퀴로 하자니 생강이 걸려 튀어나올 듯
갈퀴를 슬쩍 뒤집어 돌려본다
그리고 쓸어본다
흙은 빠져나가고 살이 있는 곳은
살짝 눌려 두둑이 고르게 되었다
어머, 갈퀴에도 손등이 있었네
슬슬 밀었다 살살 간지럽히기도 하고
감자밭 두둑처럼 제법 배가 부르다
한참을 갈퀴가 손등으로 어루만져줬으니
오늘밤 생강은 곤히 잠들 수 있겠다

마늘 비늘

종자 쪼갤 때마다 벗겨진
껍질 수북하게 쌓였다
아궁이 앞에 쏟아 부우니
속껍질 살랑 바람결에 흩어진다
아, 저토록 가벼울 수 있을까?
나풀나풀 살굿빛 껍질이
방금 떨어져 나간 마늘의 비늘 같다

마늘, 칠월의 장례식

말린 마늘대로 고이 덮어 주었다
느티나무 아래 던져진 주검
지난 늦가을부터 올 여름까지
영하 3도의 춥고 어두운 방에서
모시고 갈 임자 기다리다 지쳐
칠월 땡볕에 결국 버려졌다
겉모습은 여전한데 속은 썩어 빈탕이다
손끝 살짝 누르면 눌린 자리 움푹
눌리고 꺼지고 패이고 마는 목숨
잘 가거라, 마늘아
언덕배기 수북하게 쌓아두고
얼기설기 마늘대로 덮어두어도
사이사이 보이는 핏기 잃은 낯빛
마늘 님, 잘 가시오
칠월 땡볕에 떠나보내는 쓰린 마음까지
부디, 다 가져가오

버려진다는 것

전북 고창을 지나며
드넓은 밭에 버려진 수박을 본다
넝쿨은 시든 지 오래
잡초가 점령한 밭에서
누구를, 무엇을 기다리는지
한여름 땡볕에 수박이 지천이다
하염없는 시간이 지나고
이 계절이 끝나고
다음 계절 돌아올 때까지
침묵하며 안으로, 안으로만 익어갈
그의 생애가 달다 못해 시다
아니, 시크름하다
버려지고 남겨진 자의
검붉은 비애

산 같았던 일들이 먼지처럼 느껴질 때 있다

2024년 8월 8일 목요일
-텃밭에서 딴 홍고추 씻어 말리기
-오이와 참외 웃거름 주기
-옥수수 따기
-아욱 낫질, 풀 베어주기
-4농장 포장 덮고 ㄷ자 핀 박기
-5농장 잡초매트 덮고 T자 핀 박기
-강낭콩 이어 심기
-배추, 무, 상추 씨앗 심기
-고추밭 3차 줄 띄우기
-오늘 나갈 택배작업하기

하루 안에 다 할 줄 알았던 일들은
나흘 만에 마무리되었다
지나고 보니
산의 무게가 먼지처럼 가볍다

구멍

밥에 찐 감자를 보는 순간 절로 입이 벌어졌다
순식간에 포슬포슬한 감자가 입안에 들어왔다

구.멍.

구멍은 인생의 처음이자 끝이다
구멍에서 나왔다가 구멍으로 들어간다

구멍으로 들어갔다가 구멍으로 나온다
닮았다

이젠 시를 쓰려나

늙은 호박 따서 즙도 내고
고구마도 캐서 들이고
메주콩 들깨 왕팥 다 거뒀으니
이젠 시를 써야지

마늘 쪽파 대파 심고
생강 따서 굴에 넣고
말린 땅콩 하우스에 걸어뒀으니
이젠 시를 써야지

등 밝혀 책상머리 앉아
원고지 만년필 꺼내 들고
밤 깊도록 기다려도
길을 잃었나 시가 오질 않아

이젠 시를 쓰려나
이젠 시를 쓰겠지, 했겠지
지칠 대로 지쳐 돌아가고 없는
시가 없는 빈 방, 나 홀로 있네

쓰라는 시는 안 쓰고

쓰라는 시는 안 쓰고
종일 알밤 줍고 생강 따고
종자마늘 쪼개고 대파 심고
풋고추를 땄다

어둑어둑해질 때까지
따끈따끈 차 한 잔 못 마시고
들밭이라는 공책에
몸으로 시를 썼다

말라비틀어진 밤송이

말라비틀어진 밤송이 속엔
벌레가 세 들어 산다
여물어 떨어진 밤톨이 여기 저기
아무도 주워가는 이 없어
구멍 뚫고 들어가 벌레가 집을 지었다
월세도 연세도 없이 내 집처럼 살면서
두문불출 문 걸어 잠그고 밤의 살 파먹는다
살찐 밤벌레는 바깥세상 궁금하지 않나?
저 살 다 파먹고 나면 뭐 먹고 살지?

못난 것들끼리

못난 것들끼리 모여 한겨울을 견딘다

썩고 멍들고 깨지고 부러지고 잘리고 휘어지고
구멍 나고 틀어지고 벌레 먹고 구부러지고 잘록
하고 땅땅하고 가느다랗고 점 박히고 진물 나고
찍히고 말라비틀어지고 벗겨지고 끊어지고 긁히
고...

꿀고구마의 생애가 그리 달달하지만은 않구나

고구마 미라

겨우내 거실 한구석 사과 궤짝에 담겨
얼어 죽지 않으려 서로를 끌어안고 버티다
오월 햇살에 마당으로 쏟아져 나온 고구마
어떤 건 군데군데 썩어 문드러지고
또 어떤 건 미라처럼 말라 비틀어졌다
그 중 성한 것들 골라 다시 소쿠리에 담는다
가느다란 건 툭, 부러뜨려도 본다
황토밭에서 누렸던 발그레한 시절
삭을 대로 삭아 지금은 속살 희뿌옇다
스스로를 쥐어짜느라 옥죄었던 탓에
물기 하나 없이 버려진 고구마 미라를
손바닥에 올려놓고 아까처럼 부러뜨려 본다
나무의 뿌리처럼 질겨져 이제는 휘어진다
겉과 속 말라붙어 웃음기 하나 없는 몸
이제, 흙으로 돌아갈 시간이다
미라 무더기 두엄더미에 쏟아 붓는다
어떻게든 살아보겠다고 겨울을 견딘 무게
떠날 땐 이리도 가벼울 수 있구나

처마와 지붕과 울타리

손바닥만 한 이마 가려 줄 처마가 없어
나는 흩뿌리는 비 피할 수 없었다

썩어가는 지붕은 큰 비에 속수무책
틈바구니 사이로 습기가 새어들었다

삭은 울타리는 쓰러지고 무너져
두더지가 길을 내고 족제비는 닭을 물어갔다

아무리 비명 질러 대도 눈멀고 귀 먹은
동굴 속 박쥐는 문 걸어 잠근 채 늘 잠만 잤다

처마와 지붕, 울타리가 없어
자주 이마가 뜨겁고, 축축하고 등이 시렸다

날개

겨드랑이 어디쯤에서
날개가 돋았으면 좋겠다
그것도 아주 힘찬 날갯짓으로
내가 가고 싶어 했던 곳으로
데려가 주었으면 좋겠다
가장 먼저 내 부모님 계신 화개
화개천에 흐르는 달빛과
녹차꽃을 만나러 갈 것이다
안개 속에서도 그 길
잘도 찾아가 줄 것을 나는 믿는다
꽃나무 기르는 친구네도 가고 싶고
새 빌딩 사서 이사 간 홍주 네랑
해당화 피는 바람아래도 가고 싶다
가고픈 곳 그리 많은 것도 아닌데
집오리처럼 날지 못하는 날개를 단 채
하루하루 접어야 하는 지금의 나
내 겨드랑이 어디쯤에서
날개가 돋았으면 좋겠다
독수리까진 아니더라도

푸른 들판을 나는 물새가 되어
내가 가고 싶어 했던 그곳에
꼭 한 번 나를 데려가 줬으면 좋겠다

무명시인으로 사는 것도 괜찮아

한때 나는 유명해지고 싶었네
안면도 사는 정종화 옹께서
공작 깃털에 심 꽂아 만든
펜대 두 개를 선물하면서 나더러
노벨문학상 받을 수 있는
글 잘 쓰는 사람 되라 말할 때
안 될 줄 알면서 언감생심
노벨문학상을 꿈꿨지
대학선배 정일근 시인처럼
소월시문학상도 받고 싶었네
그러나 지금의 나는
그저 그런 평범하기 이를 데 없는
아무도 알아주지 않는 무명시인!
그러나 내 나이 예순이 가깝고 보니
그게 뭐 그리 중한가 싶어
학교에 강의 나가면 어린 꼬맹이들이 묻는다네
선생님은 유명한 사람이에요?
나? 유명했으면 좋겠니?
아, 그런데 어쩌지!

난 그저 그런, 잘 알려지지 않은 시인이란다
마늘도 캐고 생강에 박힌 흙 털어내면서
올해 갚아야 할 농자재와 영농자금을 걱정하는
흙냄새 풀풀 나는 옆집 아줌마, 할머니 같은
그래, 그렇지 난 무명시인이야
숲속 자연인을 꿈꾸는!
그런데 지금에 와 생각해 보니
무명시인으로 사는 것도 나쁘지 않아
아니, 아주 썩 괜찮은 일이야
길 가에 심겨진 고로쇠와 자귀나무처럼
고요한 아침, 말없이 꽃 피우는
부추의 영광처럼 말이지

박스 줍는 여자

오늘도 박스를 줍는다
예전에 여중 다니는 한 아이가 그랬지
꿈이 뭐냔 물음에
늙어서 박스 줍는 일만 안 하면 된다고

내 나이 머잖아 예순
오늘도 박스를 줍는다
마늘 양파 쪽파 전국에 보내려면
박스 값도 만만찮아
밤새 궁리하다 가게 주변
쌓아둔 빈 박스 주워 모으기로 한다
지나가는 차 안에서 그 아이가
볼지도 모른단 생각 간혹 들지만
그래도 괜찮다
만약, 어쩌다, 우연히 그 아이가
늙어서 박스 줍는 여자가 된
자기 선생 보면 무슨 생각이 들까

2부

인생길

지나온 길이 더 아름다운 건
다시 돌아갈 수 없다는 걸 알기 때문이다

우리 아가

아가, 울지 마라
내가 너 대신 울고 아파하마
너는 해처럼 밝아라
꽃 같아라

무대, 모노드라마

세 평 정도만 되어도 되지
의자 두어 개, 탁자 하나
나무 한 그루, 조명등 두서너 개
제목 걸어둘 못 하나
내 인생을 풀어줄 공간
내 마음 풀어줄 공간
거기서 다 말하는 거야
거기서 웃기도 하고, 울기도 하고
가만히 서 있기도 하고
의자에 멍하니 앉아 있기도 하고
한 줄기 빛에 기대기도 하고

아이디어와 말문

생각이 열리면
아이디어가 떠오르고

마음이 열리면
말문이 트인다

시간의 힘

산더미처럼 보이는 큰 문제도
흐르는 시간 앞엔
한 무더기의 소똥에 불과하다

나를 성장시키는 힘

인생은 놀라움의 연속!
좋은 일로, 때론 나쁜 일로...

그러나 돌아보면 그 모든 일들이
나를 성장시키고 성숙하게 만드는 힘이 된다

지금부터

앞으로 잘하면 되지 뭐,
지나간 건 지나간 거고!

걸어야 사는 남자
쉰일곱 자연인 김석용 씨가
산속 생활 4년째 되는 해
지나간 이야기 묻는
윤택 씨*에게 이렇게 말한다

앞으로 잘하면 되지 뭐,
지나간 건 지나간 거고!

사고로 다리에 철심 박고
진물 나는 발을 보이며
지금부터가 중요한 거라고
지금부터 잘하면 된다고

*윤택 씨: '나는 자연인이다' 진행자이자 개그맨

우울

진단을 받아본 적은 없지만
내 안에 웅크리고 숨어
불쑥불쑥 주먹질해 대는 고얀 것

피부 자아

삼복더위
얇은 스카프 한 장 이불 삼아
몸에 감고 잔다
한여름 땡볕
마당에 널어둔 마늘도
제 몸 감싸느라
얄포름한 껍질로 옷을 입었다

제 살빛 둘러싸고 있는 막

나를 지키는 것은
무쇠로 만들어진 방패가 아니다

동안거

홀로 남아

고립과 고독의 방

입 다물고 귀 막고 있으면

나비가 될까

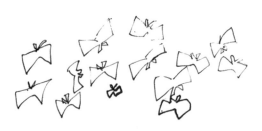

쓸쓸한 새벽

겨울 나목처럼
스산한 늦가을 바람처럼
서리 맞은 백일홍처럼
이 새벽
문풍지처럼 떨고 있는
너는,

다시 돌아올 수 없는
먼 섬이었던 게야

어떤 위로

불에만 데이는 게 아닌가 봐
이리도 마음 홧홧한 걸 보면

사위어가는 모닥불 곁
쪼그리고 앉은 내게 산이 말한다

난 다 안다, 네 마음
스무 해 넘도록 얼마나 애썼는지

그러니 너무 내세우진 마라
나만 알아주면 됐지, 안 그러냐?

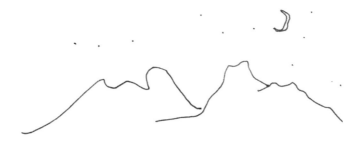

어느 날의 물음

지금은 그래도 젊고 건강하고
걸어 다닐 수 있고 일할 수 있고
돈도 벌고 세금도 내고 책도 사고

먼 후일 늙고 병들고 걷지도 못하고
돈도 못 벌고 빚만 쌓이면
나도 그네들처럼 죽음 생각할까

살기 싫어서가 아니라
살아가야 하는 게 무서워서
죽음의 골방으로 생을 몰아갈까

우리를 살아가게 하는 힘
죽음을 이기는 힘은 무엇일까
하루하루 그냥 살아가는 게 답일까

공부

아는 것이 힘이다
알면 쉽고 모르면 어렵다
알면 바로 갈 수 있고
모르면 빙빙 돌아서 가야 한다
알면 지름길이 보이지만
모르면 절벽과 암벽이 가로막는다
앎을 위해 투자하라
배우는 것을 즐겨라
그러면 지혜를 선물로 얻는다

가시

가시도 어릴 땐 연하고 보드랍다
탱자, 아카시아, 찔레, 장미, 엄나무
명감나무, 가시오가피, 선인장, 환삼덩굴...
자라면 자랄수록 가까이 다가가기 힘든 것들

나도 연하고 보드라운 때 있었다
지금은 무시로
가시 돋친 말로 너를 찔러대지

무엇이 그렇게 만들었을까

더미

너무 많은 글과
너무 많은 사진과
너무 많은 동영상과
너무 많은 보이스를 남겼다

너무 많은 책과
너무 많은 옷과
너무 많은 가방과 신발
너무 많은 도구들을 샀다

이 많고 많은 짐 껴안고
누리고 산 지 쉰둘
갈 땐 젓가락 하나도
못 갖고 갈 거면서

가지가지 많은 것들, 것들
버리지 못해 쌓이고 쌓여
산이 되어버린 짐
더미에 깔려버릴지도 몰라

둥굴레마을

조롱조롱 매달린 식솔들
사랑스런 눈길로 굽어보며
허리가 휘도록 춤추는 둥굴레
늘그막에 혼자된 나
둥굴레가 모여 사는 마을에
서너 달 살다 왔음 좋겠네
터지고 너덜거리는 삶 잇대며
그래도 남은 삶은 살아내야 한다고
다독이며 둥글둥글 사는 법이나
한 수 배우고 왔음 좋겠네

으름덩굴에 휘감긴 헛개나무

그만 살고 싶다
이젠

나를 옭아맨 모든 덩굴
걷어버리고

홀가분하게 살고 싶다
언제 그랬냐는 듯
보란 듯

내 마음의 덜컹이*

과속하다 덜컹이 미처 못 보고 넘어갈 때 있다
뒤늦게 브레이크 잡아보지만
삐비빅 소리와 함께 가슴 덜컹 내려앉는다

삶의 속도 조절하지 못해 내달리다
힘들게 하는 무엇이나 누군가와 마주할 때
벌컥 화나고 울분에 사로잡힌다

오늘에서야 알았다
덜컹이 넘어갈 땐 반 브레이크로 감속하듯
서서히 그 순간 넘어야 한다는 것을

그래야 나도, 상대방도 다치지 않고
자신에게 주어진 길 오래 달릴 수 있다는 걸
덜컹이가 내게 가르쳐 준다

*덜컹이: 과속방지턱

나만의 유토피아

넉 달치 월세가 밀렸다
집 주인은 지쳤는지 말이 없다
자취하던 고등학교 때부터 지금까지
낸 월세 얼마쯤 될까
시집 와서 지금까지 낸
은행 이자는 또 얼마쯤일까
언제쯤 월세와 이자 없는
세상에서 살 수 있을까

구석

직각의 크고 작은 구석마다
촘촘하게 직조된 거미줄이
먼지와 함께 공생한다

부드럽게 휘어진 곡선이거나
잘 나가는 직선이기를 꿈꾸지만
너무 멀리 왔다

지금 내가 서 있는 여기,
더 이상 갈 곳 없는 모서리
아슬아슬 곡예를 즐겨야 하는

생의 반쯤 걸어온 내게
세상이 건네는 악수는
화해인가, 단념인가

대상이와 대박이

대상이는 치즈색 얼룩무늬 고양이
대박이는 진갈색 호피무늬 고양이

대상이네 집은 플라스틱 아궁이
대박이네 집은 2층 황토집

대상이 먹이는 개 사료
대박이 먹이는 애완용 고양이 사료

대상이는 나뭇간 구석 닭들과 자고
대박이는 전기담요 위 사람과 자고

대상이는 추위에 부스스한 얼굴로
대박이는 난롯가에 뽀사시한 얼굴로

대상이 화장실은 텃밭이고
대박이 화장실은 욕실 안에 있다

대상이는 대문 안에만 들어와도 야단맞고

대박이는 온 집안 뛰어다녀도 사랑받고

대상이는 빗물에 목욕하고
대박이는 샴푸로 샤워하고

대상이는 쥐도 잡고 새도 잡고
대박이는 실 뭉치 살살 갖고 논다

둘 다 한 세상 살아가는 고양이인데
무슨 이유로 이리도 다른 삶인가

길

길 끝에 바다가 있었습니다
새벽어스름에 흠뻑 젖은 갯벌이
평화롭게 쉬고 있었지요
마음을 재는 온도계가 있다면
영하 40도는 되고도 남았을
터널 중간쯤 절망의 무게를 재는 저울처럼
웅크리고 있었던 때
그런 때가 있었습니다

그리고 어느 날 꿈을 꾸었습니다
바다를 걷고 있었지요
하늘과 바다와 나
단조로운 풍경 거기엔
고운 빛깔의 조가비들이 있었습니다
잔잔한 기쁨 주머니에 담고
하염없이 또 걸었습니다

그러다 해변에 반짝이는 돌을 보고
걸음 멈추고 한쪽 빈 주머니에

예쁜 돌 골라 주워 담았습니다
자그락자그락 발자국 소리와 함께
화음을 만들어 갔지요
제법 주머니가 무거웠습니다
다리가 아팠습니다
쉬고 싶었습니다

그때, 어딘가에서 빛나는 무엇을 보았습니다
무거운 몸으로 다가간 그곳엔
상처 입은 조개 속에서 진주 한 알이
아침 햇살에 영롱하게 빛나고 있었습니다
은비늘 파닥이며 밀려오는 파도가
내 안에 출렁이는 것을 느꼈습니다

산다는 것은,
끝이 보이지 않는 길에서 만나는
자잘한 삶의 무게를 비워내는 연습
진주 한 알의 소중함 발견하는 과정인 것을
어렴풋이 알 수 있었지요
겨울 밤, 혼자 걷던 외로운 길에서
빙산이 되어버린 가슴에
별 하나를 달아주던 그분처럼
내 안을 조용히 흔들고 계시는 당신

그분의 눈동자가 오늘, 여기
당신의 가슴 속에도
진주처럼 해맑게 빛나고 있습니다

안면도 꽃지

인생이란

감이 익어가는 시간
나무가 나이테를 그려가는 시간
들풀이 물들어가는 시간
아이가 어른이 되어가는 시간
저물 대로 저물어
한 인생이 사그라지는 시간
시간이 만들어 가는 그림
그림 속의 선과 색
빛과 그림자 같은 것

나의 묘비명

만일 내가
이 세상 떠나게 되는 날 오면
내 묘비명에 이런 문구가 쓰이면 좋겠다

"더는 짐 쌀 일 없겠구나!"

...milmorae

산다는 일이
짐을 쌌다 풀었다 하는 과정의 연속
집 나설 땐 해결해야 할 일로
온갖 것들 챙기고,
다시 돌아갈 땐
또 뭔가를 잔뜩 들고 들어가고...

이 세상 떠날 땐
무거운 짐 다 내려놓고
주님 품에 안길 일만 남았으니
무슨 짐 필요하겠나
그러니 더는 짐 쌀 일 없는 게지

3부

고막

소라 귀를 닮은 그녀
고막이 없어 잠 못 드는 그녀

소라에게 고막이 있다는 걸 처음 알았어
그 고막 덕분에 파도치는 밤에도
쉬이 잠들 수 있었다고

소라 귀 닮은 그녀에게
소라가 가진 고막 떼어주고 싶었어
하루라도 곤히 잠들 수 있게

자연인

얼마나 멀어지고 싶었으면
얼마나 상처 깊고 곪았으면
얼마나 슬픔 크고 출렁였으면

산짐승처럼 아무도 찾을 수 없는 곳
찾아 떠났을까

산꼭대기 동굴 계곡 강가 숲
마다 않고 거기,
새처럼 둥지를 틀었을까

동규

선생님, 저는 아파요
전에도 아팠고 지금도 아프고
아마 앞으로도 아플 거예요
저는 무서워요
그리고 참, 저는 글을 잘 쓸 수 없어요
쓸 이야기가 없어요
어떻게 글을 쓰는지도 몰라요
저는 구제불능이에요
과자도 싫고 친구도 싫고
혼자 있고 싶어요, 그게 편해요

중학교 1학년 동규
동규를 만나고 돌아온 날은
내가 아프다
흔들리는 눈동자가 따라온다
걸어갈 때도
달릴 때도
잠잘 때도
울먹이는 동규가 저만치 서서
선생님, 선생님하고 부른다

지시에 사는 ㅅ시인

읍내 살다 도시 한복판에 산단
소식 들은 적 있지
이태 지난 후 다시 그를 만났다
그의 시도 보았다
예전의 소년 같던 모습도
시적 감성도 사라지고
마른 고목 같은 그의 시편들이 서글퍼
내리는 비와 함께 나는 울었다

통옷

북한에선 원피스를 통옷이라 부른다지
몸이 하나인 옷

원래 우린 하나였어
말도 같고 글도 같고 얼굴도 비슷한

어젠 두 정상이 손 꼭 붙잡고
판문점 군사분계선을 넘어갔다 넘어왔다네

문지방 하나 넘었을 뿐인데
70여 년의 장벽 넘나든 듯 가슴 떨렸네

그리고 어젯밤 나는
통옷 입고 춤추는 한반도 꿈을 꾸었다네

(2018. 4. 27)

81

갈림길

어디서부터였을까

중학교 첫 사회시험?
아버지 책장 속 '그분의 말씀을 따라'?
임용고시 원서 찢어버린 날?
수원역 악기점에서 산 통기타?
마늘밭에서 터진 뇌동맥파열?
안면도 청노루의 집 해변시인학교?
1999년과 2010년 빚잔치?

아, 어디서부터였을까...
꼬이고 패이고 뒤틀린 채
서걱대는 모래알 삼키며 속 끓이는
뻘 속의 너!

0.1%로 남겨진 사내

평생 남의 살림만 하다
제 살림 돌보지 않고
곳간에 든 볏섬
생쥐 들쥐 족제비에게
다 내어주고는
한 됫박 남은 볍씨 보듬고
구부정한 채 걸어가는
낯익은 사내

슬픈 생일

그와 맞이하는 그의 생일에
졸혼을 선물하고 싶었다

-우리 이제 그만
서로의 인생에 끼어들기하지 말자

목 밑까지 차오르는 그 말
차마 못하고
다시 저녁밥상을 차린다

그래도 우리 집 전구를 갈아주고
잔디를 말갛게 깎아줄 사람은 그밖에 없다고

한 여자의 남자로
한 남자의 여자로 살아간다는 것
참 무미건조한 일

어디서 틀어진 건지도 모른 체
어긋난 채로 살아가는 우리

느티나무는 알겠지
능수벚나무도 알겠지

무슨 생각으로 여기까지 왔는지
언제까지 버틸 수 있을지

하나도 기쁘지 않은 그의 생일에
가면을 여러 개 쓰고
아무렇지 않은 듯 축하노래를 부른다

가시를 품다

동틀 무렵 텃밭에 쪼그리고 앉아
풋마늘 사이사이 생강을 심는다
구멍을 파고 그 안에 씨알을 심다
흙속에 묻힌 밤송이를 만났다
바람에 떠밀려 오랜 시간 묻혀 있다
호미질에 동강난 밤송이의 몸
푸슬푸슬 부들부들하다
기세등등했던 시절 온데간데없고
가시투성이였던 밤송이가 부슬부슬하다

말없이 품어주니
보드라운 흙으로 돌아가는구나!

그지없이 모난 탓에
부딪치고, 깨지고, 멍들고, 으스러져
일그러질 대로 일그러져버린 우리에게도
내 몸이 네 몸 같고
네 몸이 내 몸 같았던 시절 있었지
서로의 손 놓지 않으리라 맹세했었지

가시가, 흙으로 돌아가는 시간의 정점에서 만난
호미 끝 따라 나온 밤송이가 말한다
가시도 품어주면 흙으로 돌아간다고
그래야 마늘도, 생강도 싹 틔우는 거라고

나무에게서 기도를 배우다

쥐똥만 한 새순 밀어 올리는 소사나무
가지 끝 물방울 대롱대롱 맺혔다

밤새 무슨 일 있었던 걸까
달빛 푸르고 별들 여전히 눈부셨는데

마음에 쌓인 서러운 그 무엇이
저를 그렁그렁 눈물 매달게 했을까

눈물 말라버린 쉰하나의 아침
한 그루 나무로 종일 벌서고 싶다

차디 찬 마룻바닥에 꿇어앉아
더 사랑하지 못한 죄 참회하고 싶다

방학이 너무 길다

경운기에 사륜차 끌고 논밭 누비던
그녀가 1년이 넘도록 누워만 있다
몸 사리지 않고 사내 일 나서 하다
청춘은 박제된 지 오래
콧구멍에 호스 끼우고
미음 반 컵으로 연명하면서
언제 끝날지 모를 방학 보내는 중이다
피부 가려움으로 두 손은 벙어리장갑에 싸여
침대에 묶인 채 오그리고 누운 그녀
주름진 이마에 손 얹고 볼도 쓸어본다
나를 알아보는지 두 눈 껌벅이며
―집에 가고 싶어, 가고 싶어 집에
쌍꺼풀 진 그녀의 눈가에 눈물 고인다
앙상한 뼈에 메마른 입술
아이처럼 눈물 글썽이는 그녈 남겨두고
508호 병실을 느리게 빠져나왔다

정지된 시간

시어머님 유품상자 안 손목시계는
11시 17분에서 정지돼 있었다

낡은 시곗줄과 흠집 난 유리 뚜껑 속에서
시침 분침 초침도 함께 숨을 거두었다

태안읍 우체국 사거리 평화시계점에 들러
어머니의 낡은 손목시계를 맡긴다

검정 끈 대신 밝은 갈색 끈으로
멈춘 배터리는 새 걸로, 유리도 바꾸었다

수리비는 2만 원
어머님의 유품상자 안에서 잠자던 손목시계는
2만 원으로 다시 숨을 쉬기 시작한다

함께 텃밭도 둘러보고 은행나무 길도 거닐었다
기업도시, AB지구, 홍성도 몇 차례 다녀왔다
카페와 레스토랑에서

차도 마시고 파스타도 먹었다

손목시계의 심장박동 소리 들으며
호된 시집살이에 거칠게 뛰던
심장소리를 기억한다

2002년, 제 주인 먼저 보내고
22년을 잠들었다 다시 살아서
2024년의 시간 속으로 걸어간다

능쟁이 할매*

땅콩 따러 온 종평이 엄마와 금돌이 누나 황 마담이
'남가네 설악추어탕'에서 점심식사를 하고
돌아오는 차 안에서 실랑이 한다.
연금을 붓는 게 나은 겨, 아닌 겨 하고−
그러면서 능쟁이 할매 이야기를 한다.

갯벌에서 뻘품 팔아
꼬박꼬박 농어민 연금 부어

이젠 그 돈으로 전화세도 내고
보험료, 전기세도 내고

많은 돈 아니지만
평생 죽을 때까지 돈 나온다며
좋아 죽던 능쟁이 할매

고작 석 달 타 먹고
저 세상으로 가셨다, 라고

*능쟁이 할매: 누구보다 능쟁이를 잘 잡아 붙여진 별명

그의 꿈

－토종닭이 왔어요
알 낳는 토종닭이 왔어요
잡아서도 팝니다

이른 아침부터 트럭을 몰고
닭장수가 닭을 팔러 다닌다

－집에서 키우는 염소 삽니다
토끼도 다 삽니다

마을 곳곳 돌아다니며
염소와 토끼 산다고 목청 높인다

그들의 어릴 적 꿈은 무엇이었을까
오늘따라 대답이 궁금하다

오늘, 끝!

그래, 그만 굽고 퍼뜩 집에 가야지
날 어둡고 밖은 눈발 날리는데

태안읍 구 터미널 정류장 포장마차에서
시린 발 동동거리며 종일 붕어빵 굽던 사내

붕어빵 한 봉지 살까 하고 들린 포장마차는
이미 불이 꺼져 있다

문짝에 걸어두고 간 글씨만 덩그러니
가는 날이 장날이랬나
마을버스 기다리다 가끔 사 먹곤 하던 붕어빵

반죽이 떨어진 걸까?
어디 몸살이라도 난 걸까?
'오늘, 끝!'이란다

쉼표와 느낌표까지 끼워 넣어
오늘을 마감하고 그는 이 자리를 떠났다

굵고 짧은 시 한 편 남기고

그래, 오늘은 여기까지야
오늘, 끝!

그

시 좋아하고 책벌레인 내 친구가
돈이 버글버글한 그가 부럽다고 한다
30억 하는 빌딩을 사서
삼겹살을 굽는 그의 가게는
줄 서서 기다리며 먹는 맛집이라고,
매일 마대자루에 지폐를 쓸어 담고
그걸 셀 수 없어 침대에 쏟아놓고
세다 세다 못 세어 요처럼 깔고 잔다고
그 얘길 내 친구가 하고 또 한다

면에서 농어민수당 90만 원 준다고
남편이 신분증을 달란다
45만 원씩 나눠 가졌다
둘 다 애들한테도 20만 원씩 줬다가
그 돈 다시 걷어 비닐하우스 짓자고
자재비로 쓰자 하니 그러잔다
다들 군말 없이 받은 돈 내놓는다

90만 원의 3,333배나 되는 건물의 주인인

그는 우리보다 3,333배나 행복할까
우린 그보다 3,333배나 덜 행복할까

두벌나무꾼

세트로 선사해도
양말도 안 신고 일하는 아저씨
빨아줄 사람 없어 안 신어유우
신발 밑창처럼 단단해진 발바닥
험한 인생 여정이 느껴진다
왜 두벌나무꾼일까?
궁금해 해도
그냥 두벌나무꾼이라 불러유우
핸드폰 082에서 0빼고 하듯이
아저씰랑 쏙 빼고 말유우

두벌나무꾼 아저씨가
아니 두벌나무꾼이
우리 교회 산 종산까지
밤나무 아카시아 소나무 베 주었다
며칠 새 아름드리 송림이 쓰러지고
쉰이 넘는 나이테 속살이 드러났다
일을 잘도 하기에
이뻐 죽겠다 싶었는데

기둥에 깔린 솔가지
얽히고설킨 아카시아 밤나무
치울 일 까마득하다

아, 이제 알았다
두벌일하게 일감 만들어 놓는
고마우면서도 얄미운 그 아저씨가
왜 두벌나무꾼이 되었는지

어머니의 옷 선물

홈쇼핑 방송을 보고 딸들 주려고
어머니가 블라우스를 주문했습니다

어릴 적 옷도 못 사 입히고 키웠노라며
봄가을 용 3종 세트를 주문했답니다

세 가지 색이 있다고
그 중 한 가지 색 고르면 된다는데

무슨 색 있냐는 물음에 어머니는
가지색, 수박색, 오디색 중에서 고릅니다

아, 가지색 수박색 오디색이라니요
이보다 더 예쁜 색 이름 또 있을까요

수박색 고른 나는 블라우스 입을 때마다
어머니의 사랑도 함께 입습니다

인생, 금방이다

예전엔
20킬로 밤나무 자루도 져 나를 만큼
나도 힘이 있었다

너도 살아 봐라
가방 끈 하나 들기도 힘든 날
안 올 것 같지?
금방이다

폴더 폰처럼 굽어진 허리
간신히 펴며
달롱개* 한 주먹 내 손에 쥐어주는
아, 울 엄니

*달롱개: 달래의 경상도 말

그냥

엄마는 어떻게 60년을 살았어, 아버지랑
그 비법이 뭐야

-그냥 살았지 뭐

그냥

그냥이란 말 속에 담긴
이루 말로 다하지 못하는 속사정
헤아릴 수 없는데
깃털 같은 가벼움으로

툭

내뱉듯 흘려보내는 말, 그냥

그래
그냥 그렇게 살면 되는 걸
서로에게 기대고 바라고 따지고

그러느라 패잔병이 되어버린 내가
이제는 내가 답할 차례

어떻게 여기까지 왔어?

그냥

앞으로 어떻게 살 거야?

그냥

그냥 살지 뭐
그냥 살아내지 뭐

ㅡ고깟 게 머라꼬!

어머니 하신 말 떠올리며...

울 엄니

어무이, 지가 껠배이*지예

−와 니가 껠배이고, 하고재비지

*껠배이: 게으름뱅이라는 뜻의 경상도 말
*하고재비: 무슨 일에나 의욕과 열정이 넘치는 사람. 어떤
일을 적극적으로 하고 싶어 하는 사람. 무슨 일이든지 안
하고는 배기지 못하는 사람을 일컫는 경상도 말

큰딸 외식이

요양원엔 절대 안 가고 싶다며
창틀 붙들고 종아리 근육 운동하시던 엄마
두유 마시며 이러신다

ㅡ큰애가 세 살인가 네 살인가
들에 나갔다 들어오니
살강 위에 먹을 게 있나 없나
까치발로 기웃거리더라
그때 생각하면 마음이 아파
잘해 먹인 게 없어서

울보 홍주

홍주는 울보
오늘도 또 우네

울산 생활 15년 접고 오던 날
1층 계단 아래 수거 딱지 붙인 가전제품들
두고 떠나오면서 울었다지

산다는 게 있잖아
정들었던 것들과의 이별인가 봐, 라며
소주잔 기울이며 또 운다

애썼다, 참 애썼다
괜찮아, 다 괜찮아질 거야
다독일수록 더 크게 일렁이는 파도

젊음의 비결

귀빈스파 사우나에서 특별한 사람을 만났다
63세인데 20년은 더 젊어 보였다
비결 물으니 낙천적인 성격 덕분이란다
절대 남 욕하지 않는다고
그럴 만한 사정이 있었을 거라고
텔레비전 뉴스나 신문기사를 봐도
누구도 모르는 그들만의 속사정
있었을 거라며 돌 던지지 않는단다
그리고 남이 뭐라 말하든 신경 쓰지 않는다고
내가 아니면 그만이라고
세월이 답해 준다고
식사는 국물 안 먹고 된 음식 위주로
고두밥이 진밥보다 좋고
우유 계란 고구마 풀떼기들 좋아한다고
탄수화물은 하루 한 끼 정도
그래서인지 지금껏 건치에 시력 좋고
염색 안 하고 군살 하나 없고
하루하루 윤기 넘치는 삶 살아간다고
40대처럼 보이는 그녀만의 인생철학

그거 알아?

1800년대 프랑스의 화가 밀레는
'이삭 줍는 여인들'을 유화로 그렸고,

2000년대 한국의 화가 밀모래는
'마늘 주아 뿌리는 여인들'을 수채화로 남겼대

4부

울고 있는 모란

모란꽃 곱게 핀 뜨락
환한 네 얼굴
꽃잎에 맺힌 이슬방울은
보고 싶어 눈물짓는
가엾은 나의 맘
잊으려 하늘 보면
저도 따라 눈물 흘리네

▶유튜브: 이정근 작곡 채널
울고 있는 모란-김난주 작시, 이정근 작곡, 황은애 노래
https://www.youtube.com/watch?v=oGb3YXtX57U

밤

밤은 참 고맙기도 해
안 좋은 기억 까맣게 잊어버리라고
서둘러 어두워지지

그래도 한두 개쯤은
좋은 일 기억하라고
별도 띄엄띄엄 박아두시지

찻집, 늘 봄날

주말 오후
광고나라에서 현수막 찾아오는 길
롯데시네마와 비발디아파트 사이
참 예쁜 이름 가진 간판을 보았다

'봄날, 늘 봄날'

운전 중이라 들리진 못했지만
좋은 사람과 거기서 맛난 걸 먹고
담소 나누면 좋겠다는 생각 물씬
이렇게 예쁜 이름의 간판을 보면
마음이 먼저 알고
내 얼굴에 봄꽃을 피운다

이런 게 기적

작년에 피었던
그 집 앞 목련
올해도 피었다

작년에 핀 그 꽃을
올해도 본다

너의 마음

봄볕에 데워진
논물 가득
올챙이 떼 지어 다닌다

너의 가슴에도
물음표가
올챙이처럼 모여 산다

잡아당기면
툭, 터질 것만 같은
비밀주머니

냉이처럼 질긴 그리움이
뿌리를 내릴까?
꽃을 피울까?
열어보고 싶다

민들레의 봄

시멘트 길 밑바닥에
착
달라붙어서
누구도 탓하지 않고
쉼 없이
샛노란 희망을
퍼 올리는 중이다

감자꽃나무▶

감자꽃나무

5학년 다정이
나무그림 그려준다기에 보름을 기다렸더니
나무기둥에 세 갈래로 뻗은 가지
큼지막하게 그려진 동그라미가 전부다
애걔걔, 이게 다야?
실망하는 눈치 알아챘는지
한참 만에 교실 문 나갔다 들어온다
양손에 감자꽃 가득이다
그리곤 거침없이
밋밋한 나무그림에 와르르 붓는다
순식간에 나무는 감자꽃 만개한
감자꽃나무가 되었다
세상에 하나 밖에 없는 나무가 되었다

2016년 여름 날씨

초등학교 1학년 가은이
그림 일기장에 날씨를 이렇게 썼다

8월 5일 금요일, 해가 화난 만큼 더움
8월 9일 화요일, 눈을 뜨지 못할 정도로 쨍쨍
8월 13일 토요일, 냉장고에 살고 싶은 날씨
8월 18일 화요일, 해가 아직 화가 안 풀림
8월 20일 토요일, 태양이 지글지글

그랬다
지난여름 날씨는

그러다 잊겠지
이글이글 가마솥더위

어느 겨울날 그 여름을
그리워하겠지

오들오들 떨면서
그때가 좋았다고

돌아가고 싶다고
여름은 언제 오냐고

시 쓰기에 대하여

시 쓰기는 발견이다
시 쓰기는 마음 비우기다
시 쓰기는 마음에 그려진 그림을
글로 받아 적는 일이다
시는 마음이 고요할 때 찾아온다
계곡 깊은 물속에 떠가는 구름처럼
고요히 내려앉는 산 그림자처럼

고민

농사짓는 일이
시 짓는 일보다 더 재밌으니
시를 접어야 하나 말아야 하나…

농사나 시나
짓는 일은 매 한가지니
농사짓듯 시 짓고
시 짓듯 농사지으면 될 법한데

들숨날숨 내쉬어가며
농사짓다 힘들면 시를 짓고
시 짓다 지겨우면
농사지어도 되잖아, 안 그래?

자
연
시

난 이런 시 쓰고 싶어
자연을 닮은 시
똥마려우면 똥 누고
더우면 저절로 땀나고
슬프면 나도 모르게 눈물 나고
그러는 것처럼
자연이 불러주는 대로
들려주는 대로 받아 적는 거야
나는 그런 시인이 될래

고요하다

개구리도 자고
풀벌레도 자고
강아지 고양이 닭도 자고
작은애도 자고
그이도 자고...

새벽 네 시
홀로 깨어 맞이하는
새 날

고요한 중에 오시는
말씀 한 줄
파문이 인다

콩밭에 서 있는 허수아비

재협이네 허수아비는
몸빼바지에 낡은 와이셔츠
창 넓은 모자에 허리끈까지 묶고
온종일 서서 재협이 아빠인 양
콩밭을 지키지

미성이네 허수아비는
미성이 옷 입은 꼬마 허수아비
키도 작고 옷도 귀엽고
허수아비를 보면
그 밭 주인이 보인다

말투

요새 진달래가 피었나?

−시방 송홧가루 날리는디
진달래 진 지가 언젠디
뭔 소리 하는 겨?

진달래 소식 궁금했을 뿐인데
무안해진 그녀

명아주

바람결에 한들거리는
가녀린 들풀 같았던 너

내버려 두었더니
낫으로, 톱으로도 베기 버거운
나무가 되었구나!

꽃과 열매에 대하여

밀모래자연학교 언덕에 바람이 분다
벚꽃잎은 지고 고로쇠 모과꽃은 핀다

나는 메마른 텃밭에 물 뿌리며
언제쯤 봄 가뭄 끝나려나 시름에 잠긴다

그리고, 피고 지는 수많은 꽃잎들과
꽃 진 자리에 맺힌 열매에 대해 묵상한다

열매라고 다 열매는 아니란다
쉬 떨어지는 열매는 열매가 아닌 법이지

천둥 벼락 태풍 땡볕 고스란히 견딘 후
제 목숨 다해 노을처럼 익어가는 것, 고것

공생共生

농익어 떨어진 블루베리
벌레가 먹고

높은 가지에 달린 앵두
새들이 먹고

내 손 닿을 만큼 달린 건
우리가 먹고

아침을 노래하는 꽃빛 사랑

당신은 아침이라는 이름으로 찾아와
잠자는 내 영혼을 일깨웁니다

아리따운 꽃으로 피어
밋밋한 내 삶을 향기로 가득 채우고

눈부신 햇살로 간지럼을 태워
이 아침을 노래하게 합니다

당신에 기대어 오르는 나의 하루하루는
더없이 행복하고 마음은 따뜻해져

어떤 고단함과 거친 물살이 밀려와도
두렵지 않습니다. 염려하지 않습니다

당신을 믿기에, 당신 한 사람으로 넘치기에
오늘도 내일도 당신을 노래할 것입니다

영원히...
영원히...

달팽이 똥

너른 배추 잎사귀 위
똥 한 무더기 누고
어디로 갔을까

푸짐하게 속 비우고
달팽이네 식구들
어디로 갔을까

볕 좋은 이 가을날
지금 어디서
늘어지게 자고 있을까

사과 무덤

사과나무 아래
썩은 사과를 묻어주었다

고운 흙으로
다독다독 덮어주었다

꽃들아, 안녕?

단감나무 비스듬히 기대고
흐드러지게 핀 국화에게

머루나무 곁에서
캉캉춤을 추는 맨드라미에게

무화과나무에게 손 내밀어
친구가 된 나팔꽃에게

꽃들아, 안녕?
잘 잤어?

꽃들의 안부를 묻듯
고향 땅 어미의 안부도 물어 봐 다오

아궁이 옆 키 큰 잣나무 어르신
나지막한 목소리로 타이른다

생강꽃 한 다발

세상에서 제일 예쁜 꽃이다, 너는

음력 구월 열여드레 내 생일엔
케이크도, 선물도, 돈도 말고
생강꽃 한 다발 안겨다오
놀놀한 생강 잎 속 필 듯 말듯
돌돌 말아 올린 생강꽃 줄기
댕댕이 덩굴로 고이 묶어
주름진 두 손에 꼬옥 쥐어다오
예순의 징검다리 건넜으니
맵싸한 꽃내음에 취해도 좋으리

다시, 겨울 민들레

바닥이면 어때요
못난이면 어때요
눈보라 치면 어때요
어둠이면 어때요

나는 살아 있어요
살아 있어 느낄 수 있고
웃을 수 있고
당신과 마주할 수 있어요

백발이 되어도
오롯이 당신의 꽃으로 피어
그대 오시는 길목
봄 마중 나가 있을 테요

바닥이면 어때요
못난이면 어때요
눈보라 치면 어때요
어둠이면 어때요

당신은 나의 꿈
나의 노래 나의 향기
나의 빛 나의 사랑
나의 목숨인 것을

겨울 풍경

난로 위 물 끓는 소리
건조대 빨래 마르는 소리
시루에 콩나물 자라는 소리
고양이 기지개 켜는 소리
함박눈 쌓이는 소리
시인의 책갈피 넘기는 소리

별이되는집* 겨울 이야기

처마 끝에선 밤새도록 풍경이 울었다
서로의 몸 으스러지는 소리가 났다
그 붉던 낙상홍 열매는 새들의 밥이 되었고
나목을 흔드는 바람 사이로 눈발이 날렸다
여러 날 십자가의 네온은 꺼져 있었다
아트타일에서 데려온 호피무늬 고양이,
녀석이 난롯가 의자에 웅크린 채
태연한 척 눈 끔벅거리는 동안에도
풍경은 자지러질듯 울어댔다
철마산*에서 거센 파도가 일었다
해일과도 같은 위력으로 산이 흔들렸다
그러거나 말았거나 장작난로 곁에서
고양이는 눈곱 달린 채 오수를 즐겼고
군고구마 냄새가 온 집안에 진동했다
안방에선 텔레비전을 켜 놓았는지
여 가수의 노랫소리가 실려 왔다
피아노 소리도 간간이 들렸으나
시퍼렇게 멍들었을 풍경소리는
여전히 아프게 들렸다

*별이되는집: 시인이 살고 있는 집 이름
*철마산: 태안군 소원면에 위치한 산. 208m

꽃그늘
아래

시
인
의

말

꽃그늘 아래

꽃 핀 걸 보면 마음이 환해진다.
그늘진 마음이 화사해져 나도 모르게
미소가 그려진다.
나도 누군가에게 꽃이었으면 좋겠다.
꽃의 향기였으면 좋겠다.

꽃들의 빛, 색을 보면 옷가게가 생각난다.
레저의류점의 화려한 색감은
어쩌면 꽃들에게서
빌려왔을지도 모른다는 생각이 든다.
사람도 꽃이 되고 싶어 꽃 닮은 옷을 입고,
꽃처럼 웃고, 꽃처럼 화려해지고 싶어 애쓴다.

꽃 진 걸 보면 마음이 애잔해진다.
꽃 저물고 없을 줄 알았던 여고 캠퍼스엔
겹 벚꽃이 분홍의 레이스 달린
드레스를 입은 여인처럼
넉넉한 미소로 반겨 주고 있다.

정문 오른편엔 하얀색 산딸나무꽃이
꽃잎을 하늘로 향한 채
고결한 향기를 피워 올리고 있다.
저 꽃도 언젠간 지겠지.

이미 진 꽃잎이
지고 있는 꽃잎과 바람에 어우러져
공중 무도회를 연다.

"떨어지는 꽃잎을 손으로 잡으면
사랑이 이루어진데요!"

여중생들이 어디서 들었는지
그 말을 하며 꽃잎을 잡으려고
두 팔을 휘젓는다.
생각만큼 쉽지 않다.
나비 같기도 하고 첫사랑,
첫 키스의 여린 떨림
차가운 듯 보드랍고 촉촉한 그 느낌처럼
애틋하면서도 아릿해져오는 통증 같은 게
내 안 어딘가에서 꼬물거리나.

저 아이들은 얼마나 모든 게 새롭고
아름답고 곱고 눈물겨울까.
세상살이에 도가 튼 얼굴로
더는 잃을 것도,
버릴 것도 없는 얼굴로
천진난만한 아이들의 새잘거림,
웃음소리를 듣는다.

연록의 푸르름이 교정에 가득하다.
나는 저 아이들이 꽃 같다는 생각을 한다.
저마다의 빛깔로 피어나는 꽃!
저 꽃들의 향기를
언제까지 맡을 수 있을지 모르지만
그 기회가 많지 않을 거란 생각을 하게 된다.
꽃들은 아무 때나 피지 않듯,
저들도 언제나 나와 함께 있는 건 아니므로
내가 머물러 있는 동안 많이 예뻐해 주고,
사랑해 주고, 내가 가진 것들
나누어 주어야 하리.

꽃비가 내리는 언덕에 서서
우산도 없이 꽃비를 맞으며
나는 한없이 가벼워진다.
저 꽃들이 지고 나면
녹음은 더욱 짙어지겠지.
꽃 진 자리엔 버찌가 주저리주저리 달려
쓰고 떫은 단맛을 선사해 주리라.

나무의 나이는 물어 무엇하리.
나의 나이도 묻지 마라.
때를 따라 꽃 피고, 열매 맺고,
그늘을 주고, 꽃을 주고, 향기를 주고
입었던 옷마저 다 벗어놓고

다시 나목으로 돌아갈 나무처럼
나도 이생에 와서 나 가진 모든 것 다 주고
고요한 침묵 속으로 걸어가리라.
화려함, 화사함, 눈부심 뒤에 감추어진
그늘과 침묵과 느린 걸음의 사유 속으로
꽃잎은 하염없이 지고 또 지리라.
'안녕'이라는 그 흔한 말 한 마디 없이.

　　　　　　　　※

　언제까지나 저들처럼 소녀 같을 줄 알았는데... 어느덧 내 나이 예순, 지리산 산딸기 같았던 새색시는 서해안 천일염처럼 제 맛을 낼 줄 아는 나름의 결정체로 남았다. 나의 다섯 번째 시집이 누군가의 밍밍한 삶에 맛을 내고, 썩고 문드러진 마음을 새롭게 하는 방부제 노릇을 톡톡히 했으면 좋겠다.
　바람과 볕이 잘 드는 시의 집 지을 수 있도록 세 차례나 아낌없이 지원해준 충남문화재단과 좋은땅출판사에 감사드린다.

　　　　　　　　　　　　　　　　2024. 11. 1
　　　　　　　　　　　　　　시의 날, 별이되는집에서

들풀 인생을 살아가는 들꽃 같은 당신에게

무명시인으로
사는 것도 괜찮아

ⓒ김난주, 2024

초판 1쇄 발행 2024년 11월 22일

지은이 김난주
펴낸이 이기봉
펴낸곳 좋은땅 편집팀
펴낸곳 도서출판 좋은땅
주 소 서울특별시 마포구 양화로12길 26
　　　　 지월드빌딩(서교동 395-7)
전 화 02)374-8616~7
팩 스 02)374-8614
이메일 gworldbook@naver.com
홈페이지 www.g-world.co.kr

ISBN 979-11-388-3795-8(03810)

이 책은 충남문화재단 문화예술창작지원금으로 제작되었습니다.